U0031446

誰說野狼就要壞

文 | **C.K. 思莫哈** C. K. Smouha

圖 | **史蒂芬・史密斯** Stephen Smith

譯 | **羅吉希**

大野狼不喜歡當野狼。
每次照鏡子，他就覺得自己看起來有夠壞。
自己看起來很壞，他的心情也會變得很壞。
而只要他心情很壞，他就想要耍壞！

「難道事情非得這樣嗎？」大野狼問自己：
「我真想知道，獵豹可以不要身上的點點嗎？」

「當然不行啦！我生來就有斑點，
而你，天生就長得像個大壞蛋！」
話一說完，獵豹就靜悄悄的離開了。

大野狼正憂愁的看著自己水中的倒影，
「其實，」忽然上面有聲音傳來：
「你不一定非得這樣，我就常常變來變去。」

「拜託！變色龍，」大野狼抬頭對他說：
「你不是變來變去，你只是有保護色。這是兩碼子事。」

「你真是什麼都不懂！」變色龍氣呼呼的說：
「只要我想要，我就可以改變我身體的顏色。
我生氣時，顏色就變豔麗；我傷心時，顏色就
變暗淡。你這傢伙一點也不壞，只是很無知！」
話一說完，變色龍就飛快的離開了。

「別把他的話放在心上，」
毛毛蟲一面嚼著滿嘴葉子，一面咕咕噥噥：「他太敏感了。」

「毛毛蟲！ 我知道你所有的事！」
大野狼說：「你會先把自己吃得很胖很胖，結出一個繭，
再變成一隻蝴蝶。」

毛毛蟲說：「事情可沒你想的那麼簡單喲。首先，只有蛾的毛毛蟲會替自己織出一個繭；我們蝴蝶毛毛蟲的蛹殼，是從表皮變硬而來的。再來，我們得先變成一團黏黏的怪東西，然後才能變成和蟲蟲形狀完全不一樣的蝴蝶。」

「我的天哪！」大野狼嚇了一大跳：「這聽起來好累喔！」

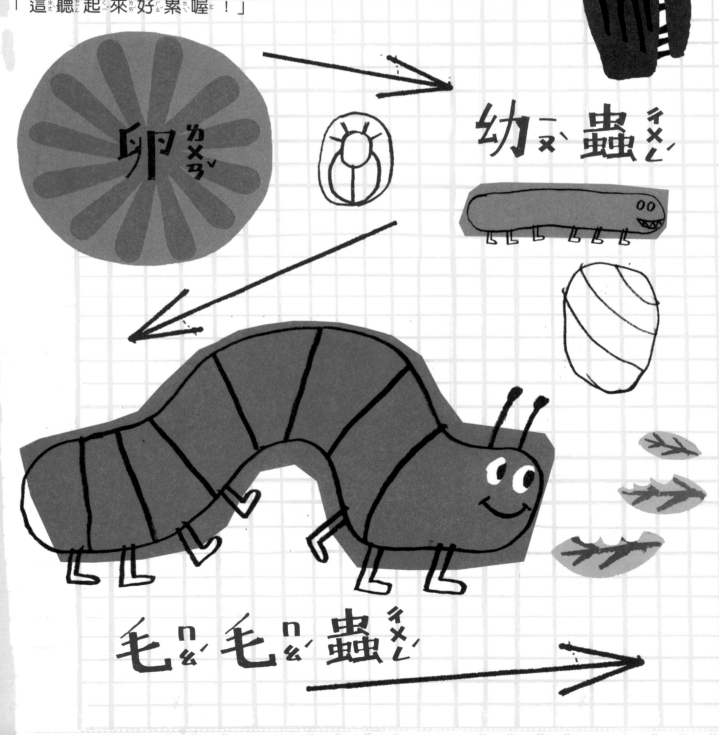

卵

幼蟲

毛毛蟲

生命周期

蝴蝶

蛹

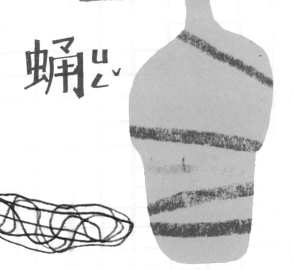

「是啊，這可不好受，」毛毛蟲說：「更糟的是，我們這麼努力，變成蝴蝶後，卻只能再活兩個星期。」

「這太過分了！」大野狼喊道：「那你還這麼努力，值得嗎？」

「值得嗎？」毛毛蟲咯咯的笑了，他縮起身體往前挺進，繼續啃咬眼前鮮嫩多汁的葉子，「當然值得啦！」

大野狼驚奇的搖搖頭：
「看來我浪費太多時間在
耍壞了，原來還有這麼多
我不知道的事情！」

「你說得沒錯！」蠑螈說：「許多動物都會改變。我跟你打賭，你一定猜不到我過去住在池塘裡，而且看來像條魚。不過啊，有時候為了要長大，你必須把過去全忘掉。」

她甩了甩她長長的尾巴，招呼大野狼跟著她：「來吧！讓我介紹我的一些朋友給你認識。」

「大家好，這位是大野狼，」
蠑螈說：「大家何不向
他介紹一下自己？」

哈囉
我的名字是
海豹

哈囉
我的名字是
比目魚

一隻章魚滑到他們面前，「哈囉，大野狼！ 我是擬態章魚。我可以變成五種不同的海洋生物喔。」

話還沒說完， 擬態章魚就變成了一隻螃蟹， 再從螃蟹滾成石頭， 又從石頭伸展成一條長長的蛇， 最後變成了海星。

「有時候， 這樣變來變去真是累死我了，」擬態章魚說：「我都忘記哪個才是真正的我了！」

「我懂這種感覺，」蘆葦蛙說：
「我從小一直以為自己是女
生。有天早上醒來，卻忽然發現
我是男生！剛開始，我真的被搞
糊塗了。不過現在，我覺得這樣
還滿酷的。」

「哈囉，大野狼，我是比目魚。」
比目魚也過來打招呼：「我知道你在想什麼，
你一定在想我是個兩隻眼睛長在同一邊的怪咖。」

「唔……」大野狼不知道該怎麼回答。

「但是啊，我原本可不是長這樣。」比目魚想起過去：
「當我還小的時候，我媽媽一直對我說，
如果我一天到晚都只賴在海床上不動，
兩隻眼睛就會愈長愈靠近頭頂！
最後你猜怎麼樣？我媽說的一點都沒錯！
現在變成這樣，我真的覺得很尷尬。」

海豹拍拍自己的鰭：「不過，我很喜歡我現在的樣子喔。小時候，我身上的毛白得像雪，還有一雙大大的眼睛，雖然大家都稱讚我可愛，但我總覺得沒人把我當回事。經過一番努力後，我才在身上堆出這些厚厚的脂肪，我覺得非常的自豪。」

哈囉
我的名字是
海豹

「但我沒有覺得自豪的地方。」
大野狼說：「我覺得鏡子裡的我很壞，這讓我很沮喪。
而且當我很沮喪、只想把一切都砸爛的時候，
就更難讓自己變好了。」

「那你希望自己看起來像什麼樣子呢？」
海豹的問題，讓大野狼害羞的不敢回答。

「在場的每個動物都是你的朋友喔，」蠑螈向大野狼保證：
「我們不會笑你的。」

「好吧，」大野狼說：「我曾經嘗試過某個裝扮，
那感覺真是棒極了，但我覺得有點不好意思……」

「會比兩隻眼睛長在同一邊更尷尬嗎？」比目魚問。

「應該不會……」大野狼仍然難以啓齒。

「如果那樣讓你很開心，應該就是適合你的。」
蠑螈替大野狼打氣。

「好吧，」大野狼說：
「讓我直接變給大家看吧！

出口
EXIT

「那，」蠑螈問：
「你現在覺得
怎麼樣？」

我覺得得
超讚！

給　荷莉和邦尼

Thinking 053

BORN BAD
誰說野狼就要壞

文｜C. K. 思莫哈 C. K. Smouha
圖｜史蒂芬‧史密斯 Stephen Smith
譯｜羅吉希

字畝文化創意有限公司
社長兼總編輯｜馮季眉
責任編輯｜戴鈺娟
主　　編｜許雅筑、鄭倖仔
編　　輯｜陳心方、李培如
美術設計｜蕭雅慧

出　　版｜字畝文化 / 遠足文化事業股份有限公司
發　　行｜遠足文化事業股份有限公司（讀書共和國出版集團）
地　　址｜231 新北市新店區民權路 108-2 號 9 樓
電　　話｜(02)2218-1417　傳真｜(02)8667-1065
客服信箱｜service@bookrep.com.tw
網路書店｜www.bookrep.com.tw
團體訂購請洽業務部 (02) 2218-1417 分機 1124

法律顧問｜華洋法律事務所 蘇文生律師
印　　製｜中原造像股份有限公司

2020 年 4 月　初版一刷　2023 年 11 月　初版三刷
定　　價｜360 元
書　　號｜XBTH0053
ISBN｜978-986-5505-16-5（精裝）

Written by C.K. Smouha/Illustrated by Stephen Smith (neasdencontrolcentre.com)/Design by April
Copyright © 2018 Cicada Books Limited
All rights reserved
First published in English by Cicada Books Limited.
Complex Chinese translation rights © 2020, WordField Publishing Ltd.
Published by arrangement with Cicada Books Limited.,through Marco Rodino Agency and LEE's Literary Agency.

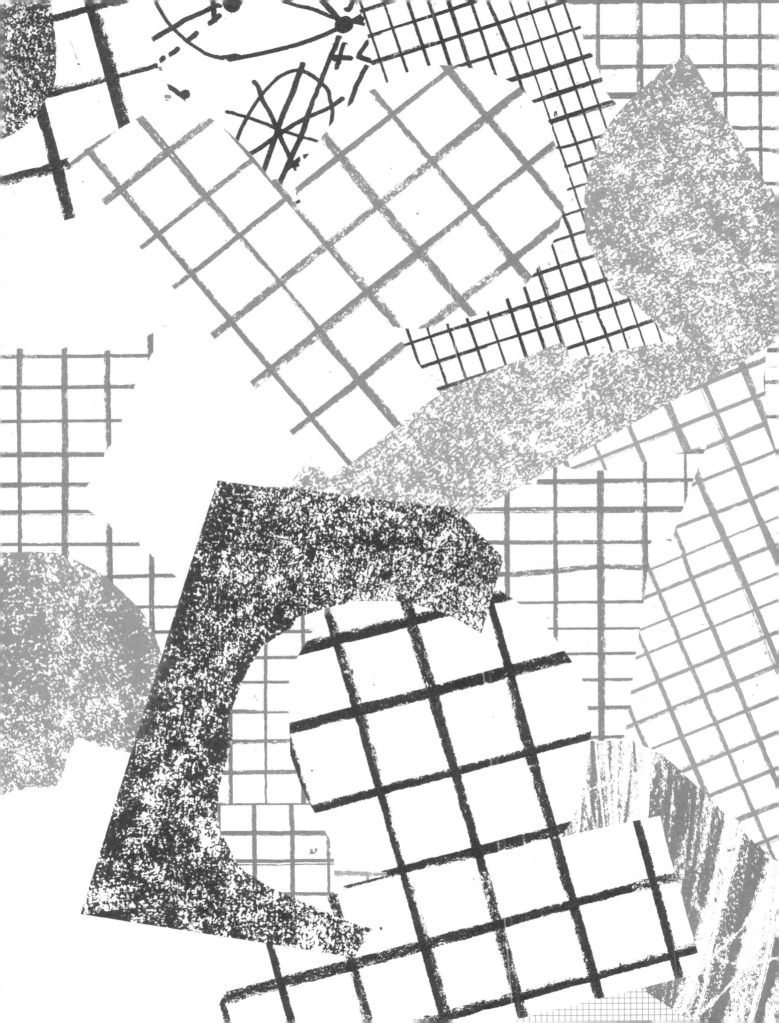